AF262396

LARMES

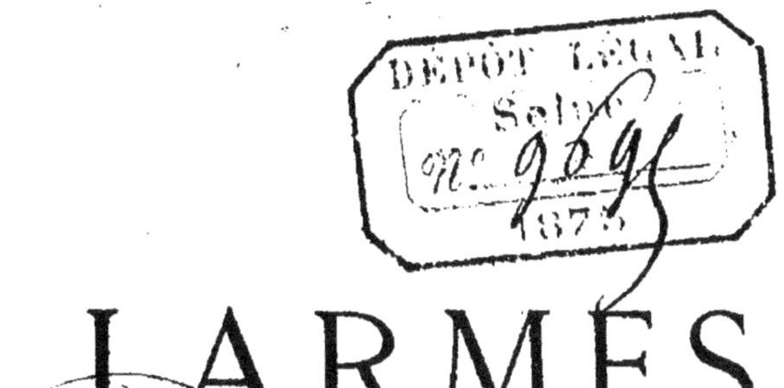

> N'ayant trouvé que des larmes sur
> le chemin de la vie, je ne puis te
> donner que des larmes.

Larmes de sang ou d'or, larmes de jalousie,
Larmes de désespoir, de joie, ou de douleurs;
Larmes de deuil, d'amour, larmes de poésie,
Qui de nous n'a pleuré dans ce monde de pleurs!
L'homme pleure au départ de celle qu'il adore;
La veuve va pleurer sur celui qui n'est plus,
Et l'amant, resté seul, appelle et pleure encore
Celle qui lui sourit du séjour des élus.
L'enfant abandonné sur cette pauvre terre,
Sans naissance, sans nom, à chaque instant surpris,
Pleure, tout étonné de n'avoir pas de mère,
Et demande à chacun le chemin qu'elle a pris.
La jeunesse a versé des larmes d'espérance;
Et des yeux des vieillards tombe le souvenir.

1

L'exilé sanglotait en s'éloignant de France,
Et ses amis pleuraient en le voyant partir...
Dieu nous donna les pleurs, il faut que chacun pleure;
—La vigne et le sapin pleurent même au printemps.—
Les pleurs sont aux palais et dans l'humble demeure :
Les sujets et les rois pleurent en même temps.
Que d'enfants ont pleuré la veille de batailles !

. . . .

Que de mères, hélas ! pleuraient le lendemain !...
Plus d'une jeune femme, au jour des fiançailles,
A pleuré dans son cœur en riant au festin...
Du sourire à la moue il est peu de distance :
L'espace seulement de la rose au bouton ;
Car morsure et baiser ont de la ressemblance :
Pour changer l'un en l'autre, il ne faut qu'un frisson.
Pleurez, amants trompés, votre jeunesse folle ;
Jeunes filles, pleurez votre bel âge d'or ;
Pleurez ce temps passé, ce rêve qui s'envole ;
Pour moi, j'ai trop pleuré, pour le pouvoir encor !
A peine ai-je trente ans, et ma vie est complète,
Et les pleurs ont brûlé les cils de mes deux yeux ;
Ils ont ridé mon front et fait blanchir ma tête ;
Si les pleurs font du bien, je devrais être heureux !!!

LARMES LOINTAINES

Le Ruisseau

> Ce ruisseau, glissant tantôt à tra-
> vers les fleurs, tantôt sur les cailloux,
> est bien l'image de la vie.

Sous un ormeau

Coule un ruisseau

Qui se balance

En murmurant

Comme un immense

Lézard d'argent.

La paquerette,

En collerette

De satin,

Chaque matin

Fait sa toilette

Dans ce miroir.

Cette fleur blanche,
Quand vient le soir,
Pour mieux se voir
Vers lui se penche.
Là, le troupeau,
Que l'herbe lance,
Vient en cadence
Troubler son eau.
Près de sa rive,
Le fier bélier,
Sautant, arrive
Le flanc premier.
Ce gai quadrille,
Sous la charmille,
Puis s'éparpille
En bondissant.
D'une voix grêle,
La mère appelle
L'agneau qui bèle
En la cherchant.
— Dans son eau claire
Le pèlerin
Trempant sa main,
Se désaltère

En son chemin.
Et l'aubépine
De la colline,
Au corset vert,
A pour ceinture
Son eau pure,
Et son murmure
    Pour concert.
— Je me rappelle
Que, tout enfant,
J'allais souvent,
Pour ma chapelle
Ou pour maman (!...),
Dans l'herbe douce
Et sous la mousse
Cueillir des fleurs
Avec mes sœurs.
C'est dans son onde
Peu profonde
Que j'allais
Pour ma fronde
Chercher des galets.
— Mais une femme,
Un peu plus tard,

Me prit mon âme
Dans un regard.
Alors pour elle
Je choisissais
La fleur nouvelle,
Que je plaçais,
Avec ivresse,
Parmi les tresses
De ses cheveux
Blonds et soyeux.
— Joie éphémère !
Mon rêve d'or
Prit son essor
Vers la rive étrangère !...
— Un soir, en vain
Ma voix l'appelle...
Sur le chemin,
Sous la tonnelle,
Dans le vallon,
Rien ne répond...
Dans sa détresse,
Mon pauvre cœur,
Plein de tristesse,
A chaque fleur

De la vallée
Va, demandant,
Tout en tremblant
Sa bien-aimée.
L'écho maudit
De la montagne
Pour ma compagne
Seul répondit!...

———

De ce poème,
Que mon cœur aime,
Si les vers
Vont de travers,
C'est que ma lyre,
Dans son délire,
A, du courant,
Sans doute,
Suivi la route
Trop souvent.
Leur seul mérite
Est d'aller vite
Comme l'eau
De ce ruisseau;

Comme la flamme
D'un pur amour
Que, dans mon âme,
Cette humble femme
Mit un jour.

LARMES PERDUES

Une Étoile

Qui de nous n'a pas vu filer sa plus
belle étoile !

Que vois-je sous les cieux? Quelle étoile inconnue
Se montre tout à coup à mes yeux tout surpris,
Balançant en silence au milieu de la nue
Sa chevelure d'or et son front de rubis?
Les étoiles, ses sœurs, dont elle semble reine,
S'effacent humblement devant sa majesté :
Les mortels, effrayés, retiennent leur haleine;
Moi seul j'ose chanter ton éclat, ta beauté.
— Étincelle du ciel, lampe mystérieuse,
Astre du firmament soucieux et discret,
Vois la foule qui veut, avide et curieuse,
Dans ton disque de feu deviner un secret.

Elle tremble et s'agite; elle craint que la gloire
Sur la frontière encor n'appelle nos guerriers;
Elle craint que la mort, sous le nom de victoire,
N'aille autour des tombeaux suspendre ses lauriers...
Et toi, du haut des cieux, qu'en dis-tu, météore?
Crois-tu que notre sang rougira les chemins?
Crois-tu que nous verrons le drapeau tricolore
Flotter couvert de sang sur les remparts voisins?
Loin de moi ce penser! c'est assez de victimes;
C'est assez d'orphelins, de veuves sans amour!...
Oh! la guerre! A mes yeux c'est le plus grand des crimes
Dont Dieu demandera compte à ces rois d'un jour.
Dis : crois-tu que la nuit s'étendant dans la plaine,
Ne nous montrant le jour qu'à travers les éclairs,
Nous enveloppera dans son manteau d'ébène?
Chacun voudrait pouvoir pénétrer dans les airs...
Que vient donc annoncer ta subite présence?
Serait-ce ce fléau qui nous mit tous en deuil;
Qui fit évanouir mon rêve d'espérance,
Que je cherche en pleurant dans le fond d'un cercueil?
Ah! qu'il ne vienne pas! qu'il reste dans son antre!
Dans le froid du tombeau combien en a-t-il mis?
Dans mon noble pays que jamais il ne rentre!
Hélas! je pleure encor mon rêve et mes amis!

Astre aux couleurs de feu, que viens-tu donc nous dire?
Que la terre, riant de nos pauvres labeurs,
Dédaignant ses enfants, ne voudra plus produire
Que des ronces, des rocs pour prix de leurs sueurs?
Ou bien que l'Océan, franchissant ses barrières,
Viendra rouler sur nous ses flots impétueux,
Brisant, dans sa fureur, l'humble toit des chaumières,
Et les lambris dorés des palais somptueux?
Non; car celui qui dit à la vague écumante :
— « Tu viendras te briser contre un sable brûlant;
Tu t'arrêteras là ! » tient dans sa main puissante
Et les flots de la mer, et la foudre, et le vent.
— Es-tu le messager qui doit punir nos crimes?
L'ange exterminateur qui, sans nous prévenir,
De son glaive de feu vient creuser les abîmes
Où nous allons descendre et nous ensevelir?
Sommes-nous arrivés à notre dernière heure?
A ce moment fatal, à ce jour solennel
Où chacun doit sortir de sa froide demeure,
Pour aller se ranger aux pieds de l'Eternel?
Touchons-nous donc enfin au terme de la vie?
L'univers va-t-il donc sur sa base trembler?
Peut-être es-tu chargé d'allumer l'incendie,
Dont les torrents de feu doivent nous dévorer?

Réponds, étoile d'or, à cette populace!
Elle te calomnie et tu ne parles pas?
Ton aspect la confond, ton silence la glace;
Elle dit que tu viens annoncer son trépas.
Hier elle jurait, à présent elle prie;
Elle pleure à genoux, maintenant qu'elle a peur...
Et moi, pauvre poète, en mon faible génie,
Je ne vois que Dieu seul à travers ta splendeur.
— Une étoile apparut au milieu des nuages,
Brillante comme toi, par une froide nuit,
Pour aller annoncer aux célèbres Rois-mages
Que le Christ était né dans un pauvre réduit.
Peut-être es-tu la même? Annonces-tu comme elle
A l'univers entier la joie et les douceurs?...
Fais que de tes rayons s'échappe une étincelle
Pour ranimer la foi qui s'éteint dans nos cœurs!
Sois l'astre de la vie et l'astre salutaire,
L'étoile qu'on se plaît à contempler, le soir,
L'étoile des moissons, l'étoile solitaire,
Se balançant voilée au milieu d'un ciel noir...
Sois l'astre bienfaisant qui vient porter au monde
La paix que nous aimons, l'ardente charité!
Sois cette étoile d'or qui se mire dans l'onde
D'un gracieux ruisseau, par un beau soir d'été!

Sois l'étoile qui va se pencher sur la grille
Du pauvre prisonnier qui gémit dans les fers !
Sois celle du marin qui sur les flots scintille,
Celle du voyageur expirant sur les mers...
Sois l'astre radieux qui m'apprit à sourire,
Au matin de ma vie en mon frêle berceau ;
Sois celui qui souvent vient caresser ma lyre,
Celui qui doit plus tard veiller sur mon tombeau !
Sois l'astre du bonheur, celui de ma patrie ;
Viens éclairer souvent notre sombre horizon !
Sois celui que chacun a rêvé dans sa vie !...
Sois l'astre des mortels privés de la raison...
Et si tu vas parfois errer au cimetière,
Incline tes rayons vers un faible arbrisseau :
C'est là que tu verras une modeste pierre,
Recouvrant pour jamais un fragile berceau !...

LARMES DOUCES

L'Orphelin

> Il naquit en pleurant, il vécut dans les pleurs ;
> Mais il meurt en riant et couronné de fleurs.

Pourquoi serait-il triste, à son heure dernière,
L'enfant qui va partir pour un lointain pays ?
Hélas ! qu'a-t-il trouvé dans sa courte carrière ?
Des larmes sans baisers, des sanglots sans amis !...

Il regarde la Mort, qui, vers son lit s'avance,
Comme un guide envoyé pour le conduire au ciel ;
Comme un ami qui vient lui porter l'espérance
Et verser sur ses maux une couche de miel.

Personne près de lui pour clore ses paupières
Qu'un prêtre revêtu des ornements de deuil,
Psalmodiant tout bas les dernières prières,
Et des anges voilés entourant un cercueil...

Faible arbrisseau, toujours battu par la tempête,
Tu plias bien souvent tordu par la douleur;
Je comprends que, pour toi, ce jour soit une fête,
Et que tes yeux d'azur rayonnent de bonheur,

Frêle esquif, agité par la mer en furie,
Voguant sans gouvernail aux caprices du sort,
Sur les flots écumants de cette triste vie,
Je conçois ton bonheur en arrivant au port.

Pour toi seul, je le vois, la mort n'est pas amère :
Tu t'endors lentement dans les bras du Seigneur,
C'est pour te réveiller sur le sein de ta mère :
Il n'est pas d'orphelins au séjour du bonheur.

D'une douce clarté sa couche s'illumine ;
Pas un cri de douleur, pas le moindre soupir ;

Son âme sans efforts sortit de sa poitrine :
Ange, c'est comme toi que je voudrais mourir !

On entendit vibrer les cordes d'une lyre...
L'enfant, mort, souriait en regardant les cieux ;
Un ange s'envolait dans ce dernier sourire :
L'orphelin embrassait sa mère et ses aïeux.

LARMES FILIALES

La Tombe d'une mère

> Heureux ceux qui longtemps peuvent dire : ma mère !

On voit dans un vallon, près d'un château détruit,
Un rectangle de fleurs à la blanche corolle ;
Une petite lampe, alors que vient la nuit,
Y luit près d'une croix comme une luciole.
Berger, quand tu viendras, sur le déclin du jour,
Conduire tes agneaux à travers la bruyère,
Garde-toi de troubler ce modeste séjour,
    Car c'est la tombe d'une mère.

Une enfant, chaque jour, les yeux baignés de pleurs,
Descendait tristement dans la pauvre vallée ;
Elle causait bien bas en arrosant les fleurs,
Puis restait à genoux sur l'humble mausolée.

Voyageur égaré, que le bruit de tes pas
N'aille pas la troubler dans sa sainte prière !
Elle est si belle ainsi ! ne la dérange pas ;
    Car c'est la tombe de sa mère.

Quand l'hiver fut venu, que la fleur du jardin
Sous son souffle glacé se fut évanouie,
La pauvre Angelina n'avait plus dans sa main
Des roses pour porter à sa mère chérie.
Alors son tendre cœur, navré, se déchira ;
Elle ne put survivre à sa douleur amère ;
Et la plus belle fleur, un soir, seule, expira
    Sur l'humble tombe de sa mère !...

Plus tard, dans la feuillée, on remarquait deux croix,
Que dominait un saule à la verte ramure ;
La tourterelle au loin gémissait dans le bois,
Et l'onde du ruisseau pleurait dans son murmure.
Plusieurs fois en passant le pâtre s'inclina,
En voyant ces deux croix sur une même pierre ;
Car la tombe où dormait la belle Angelina,
    Était la tombe de sa mère.

LARMES D'AMITIÉ

A mon ami C. B.

MORT DU CHOLÉRA, A L'HOPITAL DE MARSEILLE

Je rêvais le bonheur sous un ciel d'Italie,
Respirant l'oranger, les doux parfums du soir,
Quand j'ai reçu, tremblant et l'âme endolorie,
Une lettre scellée avec un cachet noir...

. . . .

Tu n'es plus, cher ami ! La mort frappe à tout âge.
A la fleur de tes jours il t'a fallu partir...
Je te le disais bien : la vie est un passage :
L'homme naît le matin, le soir le voit mourir.

Quand ce fléau paraît il faut que tout succombe :
Le cèdre audacieux, l'humble fleur du ruisseau.
Sous son regard de mort tout descend dans la tombe :
L'homme aux cheveux blanchis et l'enfant au berceau.

Et toi, tu fus compris dans ce triste mélange...
Tu viens d'être bien jeune à ton tour moissonné ;

Tu n'as fait que passer dans ce séjour de fange :
Tu n'avais pas vingt ans quand ton glas a sonné...

Que n'ai-je pu venir à ton heure dernière,
Quand la mort t'a donné le baiser glacial !...
Tu meurs seul... sans amis... tu meurs loin de ta mère !
Nouveau Gilbert tombé sur un lit d'hôpital !

Dis-moi : n'avais-tu pas au chevet de ta couche,
Pour t'aider à mourir, un ange de bonté
Qui te parlait toujours le sourire à la bouche
Et qu'on nomme ici-bas la Sœur de Charité?

Plus heureuse que moi, cette femme angélique,
Sans doute elle était là pour te fermer les yeux,
Pour redire à ton cœur un mot évangélique
Et te montrer le Christ qui t'attendait aux cieux.

Dors en paix maintenant sous cette froide pierre !
Du haut du ciel, souvent, tu m'y verras venir
Déposer une fleur et faire une prière :
Ton nom vivra toujours en moi, pauvre martyr !

LARMES SYMPATHIQUES

A Son Altesse le prince Czartoryski
Président du Comité Polonais.

Prince,

Ne pouvant venir en aide pécuniairement à l'infortunée Pologne, je viens déposer aux pieds de Votre Altesse l'expression des sentiments qu'ont fait naître en mon âme les souffrances qu'elle endure.

A la Pologne

Je veux chanter sur ma lyre
Les souffrances et les maux
De ton glorieux martyre,
Et la haine que m'inspire
La rage de tes bourreaux.

O Pologne, ma sœur! ô nation amie!
Je pleure comme toi quand je vois tes enfants

Déchirés sans pitié par ces loups dévorants,
Echappés des forêts de la sombre Russie.
Dans une vaste tombe — autrefois champs joyeux—
Ils sont venus rougir leurs mâchoires immondes...
Hélas ! pourquoi faut-il que tes douleurs profondes
    N'aient de l'écho que dans les cieux?

      Je veux chanter sur ma lyre
      Les souffrances et les maux
      De ton glorieux martyre,
      Et la haine que m'inspire
      La rage de tes bourreaux !

Va, ne crains pas, ma sœur, Pologne délaissée;
Car, ivres de ton sang, un jour ils tomberont !
En guirlandes de fleurs tes fers se changeront.
Et quand de la Néva — comme leurs cœurs glacée —
Le czar en souriant admirera les bords,
Que le traîneau sanglant ou la hideuse barque
Qui viendra promener les forfaits du monarque,
    Aille heurter le front des morts !

      Je veux chanter sur ma lyre
      Les souffrances et les maux
      De ton glorieux matyre,

Et la haine que m'inspire
La rage de tes bourreaux.

Courage ! pauvre sœur, tu dresseras ton trône
Sur les nobles débris de tes morts glorieux :
Chacun est un martyr, et va plus vite aux cieux
Expirant sans tombeau sur le champ de Bellone...
Leur sang sera ta pourpre, et ceux qui ne sont plus,
Avec Kotiusko, cette gloire immortelle,
Ont établi déjà la Pologne nouvelle
Dans la demeure des élus.

Je veux chanter sur ma lyre
Les souffrances et les maux
De ton glorieux martyre,
Et la haine que m'inspire
La rage de tes bourreaux.

Espoir, espoir ! ma sœur. Le drapeau de la France
Se déroule vers toi pour essuyer tes pleurs...
Dans une main la poudre et dans l'autre des fleurs,
Nous combattrons pour toi, le cœur plein d'espérance.
Le glaive impatient tremble dans les fourreaux ;
Le sang de tes enfants a fait gonfler nos veines

Nous les chasserons tous de tes riants domaines
Comme l'on chasse des pourceaux.

Ai-je chanté sur ma lyre
Les souffrances et les maux
De ton glorieux martyre,
Et la haine que m'inspire
La rage de tes bourreaux.

Juin 1864.

Paris, ce 8 juillet 1864.

Monsieur,

Le Prince Czartoryski a reçu votre lettre, ainsi que la poésie qui y était jointe. Étant sur le point de quitter Paris, et ne pouvant vous répondre personnellement, il m'a chargé, monsieur, de vous exprimer sa plus vive gratitude pour les vers que vous avez bien voulu lui adresser et qui sont une preuve éloquente de vos généreuses sympathies pour la Pologne. Au milieu des épreuves cruelles que traverse en ce moment ce pays, de pareils témoignages sont une précieuse consolation et une espérance pour l'avenir. — Veuillez donc agréer, monsieur, avec tous les remercîments du Prince, l'expression de mes sentiments les plus distingués.

J. PLICHTA.

LARMES D'AMOUR

Irma

Pourquoi m'as-tu quitté?
— C'est pour savoir si tu m'aimais.

Le prisonnier, courbé sous le poids de ses fers,
Sourit à l'hirondelle
Qui chante en décrivant des courbes dans les airs,
A la saison nouvelle;
Le matelot sourit au phare lumineux
Annonçant le rivage;
L'amant à sa maîtresse en voyant ses beaux yeux;
L'artiste au paysage;
Le voyageur sourit, dans un chemin obscur,
Au guide qui le mène;
La rose au papillon; le poète à l'azur;
Le cerf à la fontaine;
L'enfant aussi sourit au sein brûlant d'amour
Avant de s'y suspendre,
Et moi, je viens, Irma, sourire à ton retour
Qui s'est bien fait attendre !

LARMES AFFECTUEUSES

A un élève

MORT LA VEILLE DE LA DISTRIBUTION DES PRIX

> Deux couronnes et deux prix sur
> la table étaient restés... mais le vain-
> queur n'arriva pas !

Pourquoi si tôt partir de cette terre étrange?
Les lauriers dont ton front aurait dû s'embellir,
Attendent ton retour : reviens donc, petit ange,
    Car ils vont se flétrir !

Tes beaux livres sont là !... Sur la page première,
Ma main avait tracé ton nom avec amour ;
Mais, voilà que la mort, de sa sanglante serre,
    L'effaça sans retour...

Mais il s'épanouit toujours sur mes tablettes,
—Car je l'aimais, ton nom — et quand je fais l'appel,
Tous tes petits amis en ôtant leurs casquettes,
    Me répondent : « Au ciel ! »

Tu préféras, sans doute, à nos biens de la terre,
A nos livres dorés, aux lauriers triomphants,
La couronne que Dieu, dans la céleste sphère,
    Donne aux petits enfants.

Car tu ne revins plus ici pour les reprendre ;
Personne n'a revu depuis tes traits chéris...
Et livres et lauriers, à force de t'attendre,
    Hélas ! se sont flétris ! !

LARMES FRATERNELLES

A ma sœur

> Pourquoi cette terre fraîchement
> remuée?

La vierge un jour ouvrant ses ailes
Trop tôt, hélas ! prit son essor
Vers les demeures éternelles,
Dans les plis d'un nuage d'or...

Elle se coucha dans la tombe
Comptant à peine vingt printemps,
A l'époque où la feuille tombe :
Elle est tombée en même temps...

Mon Dieu, pourquoi si tôt la prendre ?
Je l'aimais tant ma bonne sœur !
Seigneur voudrais-tu me la rendre ?
Son départ a brisé mon cœur...

Au fond d'un modeste village,
— Où nous jouions étant enfants, —
A l'ombre d'un épais feuillage,
Dort cette vierge de vingt ans...

Quand la voix des échos champêtres
Redira son nom à l'oiseau,
Mes pleurs iront remplir les lettres
Que l'on grava sur son tombeau...

LARMES DE RAGE

Le Pendu

Le ciel était obscur. On voyait dans les airs
Briller dans tous les sens de sinistres éclairs.
La foudre en éclatant éventrait au passage
Les nuages en feu culbutés par l'orage,
Et l'horizon obscur, par moments éclairé,
Faisait surgir du sang de son flanc déchiré.
Les arbres gémissaient sur leurs troncs séculaires;
Les aigles, pleins d'effroi, bondissaient de leurs aires;
Et la pluie en fureur, luttant contre le vent,
Tombait en obliquant sur un terrain mouvant.
— Tandis que l'ouragan déchainé sur la plage,
Passait en mugissant à travers le feuillage,
Emportant vers le ciel la feuille du jardin,
Le sable de la mer, la poudre du chemin,

Un homme, un homme seul défiait le tonnerre
Et des quatre éléments affrontait la colère.
Le corps enveloppé dans un large manteau,
Un feutre sur les yeux, il montait le coteau ;
Bientôt il disparut dans cette nuit profonde...
On n'entendait au loin que la vague qui gronde,
Que l'ouragan hurlant encor plus furieux ;
L'on ne vit que l'éclair défigurant les cieux.
A ces bruits déchirants vint se mêler un râle
Qu'emporta vers la mer une horrible raffale.

. . . .

Le lendemain matin, un ciel riant et pur
Étalait aux regards son beau manteau d'azur.
Les roses entr'ouvraient leurs coupes virginales ;
Les oiseaux préludaient leurs chansons matinales,
Et les jeunes bergers, jouant du chalumeau,
Conduisaient leurs moutons paître sur le coteau.
Au loin, un noir fourgon attristait la nature :
Des corbeaux le suivaient, cherchant leur nourriture.

LARMES DE SOUVENIR

> Je ne puis l'oublier.

J'aime à rêver, le soir, quand la brise odorante
Agite les flots bleus d'un lac tremblant et pur,
Où se mire en riant la lune insouciante,
Où l'on voit scintiller un ciel doublé d'azur ;
Car j'oublie en rêvant cette femme infidèle
Qui jura de m'aimer dans un serment trompeur,
Et si parfois mon cœur encor se la rappelle,
La sainte rêverie adoucit ma douleur.

J'aime à rêver aussi non loin d'un cimetière,
Lorsque le noir cyprès pleure sur un tombeau ;
Quand je vois dans les airs cette étoile légère
Filer comme un ruban et se perdre dans l'eau ;

Car j'oublie en rêvant cette femme infidèle
Qui jura de m'aimer dans un serment trompeur.
Et si mon cœur, trop faible, encor se la rappelle,
La sainte rêverie adoucit ma douleur.

Quand le soleil au loin vient d'ouvrir sa paupière ;
Quand l'insecte bourdonne un hymne au Souverain ;
Quand je vois deux amants penchés sur la rivière
Se mirer dans ses eaux se tenant par la main,
Je ne puis oublier cette femme infidèle
Qui jura de m'aimer dans un serment trompeur.
Toujours, malgré ses torts, mon cœur se la rappelle :
Rien que son souvenir adoucit ma douleur.

LARMES PATERNELLES

Après six mois de mariage,
Je vis ses gracieux contours
Se dessiner sous son corsage,
Bordé de franges de velours.
Alors, dans mon orgueil de père,
Je disais, regardant le flanc
De la jeune petite mère :
  C'est là qu'est notre enfant.

Plus tard, dans une humble couchette,
Un petit être reposait
Tout doucement sa blonde tête;
Et quand un ami nous venait,
Tous deux joyeux, avec Cécile,
Nous lui disions en souriant,
Lui montrant le berceau fragile :
  C'est là qu'est notre enfant.

Au bord d'un fleuve aux eaux changeantes,
Dans un hameau du Languedoc,
Entouré de fleurs odorantes,
Et presque taillé dans le roc,
Existe un pauvre cimetière,
Où chacun peut voir en passant
Parmi la mousse une humble pierre...
C'est là qu'est notre enfant!

www.ingramcontent.com/pod-product-compliance
Lightning Source LLC
Chambersburg PA
CBHW061718060726
47597CB00006B/2455